북적대지만 은밀하게

북적대지만 은밀하게

박소연

위즈덤하우스

1

"J 기관 행사의 과제는 이겁니다. 사람들이
잔뜩 모여야 하지만, 그중 행사 이름을 정확히
아는 사람은 없어야 해요."

도대체 무슨 괴상한 소리람. 불만으로
팅팅 부어 있던 도윤은 회의 내용을 빠르게
적어가다가 권 팀장의 말에 한숨을 깊게
쉬었다. 저런 말은 문장으로 남겨두고

싶지조차 않았다. 작고 귀여운 월급을 알뜰하게 모아 한 달 전에 산 소중한 아이패드에는 더더욱 말이다.

그녀의 한숨 소리를 들은 권 팀장이 머쓱한 표정을 지었다. 팀장의 얼굴은 그녀와 다른 이유로 부어 있었는데, 태국에서 열린 산업 박람회를 위해 3박 4일 동안 뛰어다니다가 어젯밤 늦게서야 귀국한 탓이었다. 눈 밑에는 다크서클이 선명했다. 작년 말에 마흔다섯 살의 나이로 늦깎이 쌍둥이 아빠가 된 이후 생겨난 저 자국은 옅어졌다, 진해졌다를 반복할 뿐 좀처럼 사라지지 않았다. 퀭한 얼굴로 월요일 팀 미팅 때마다 딸들 사진을 보여주며 허허, 웃는 모습이 묘하게 우스꽝스러워서 팀원들도 덩달아 피식대곤 했다.

그래, 팀장이 무슨 잘못이겠어. 도윤은

억지로라도 표정을 풀었다. 예전 같았으면 진작 언성 높이며 따지고도 남았을 테지만, 그녀도 이제 어엿한 서른두 살의 7년 차 컨벤션 기획자이자 프로젝트 매니저였다. 중간에 낀 팀장의 입장을 나름 짠하게 느끼는 연차가 되었다는 뜻이다.

도윤의 회사는 클라이언트 요청에 따라 다양한 행사를 기획하고 운영하는 에이전시였는데 화려한 겉모습과 달리 애환이 많았다. 하늘 같은 클라이언트가 막무가내로 고집을 피우기 시작하면 아무리 카리스마 넘치는 대표님이라도 막기가 벅찼다. 지금도 보라지. J 기관이 황당한 요구를 하는데도 어떻게든 대책을 마련하려고 애쓰는 중이니 말이다. 행사 이름 하나 바꾸면 간단히 해결될 문제인데.

이후로도 팀 회의가 길게 이어졌지만,

도윤에게는 그저 웅얼거리는 백색소음일
뿐이었다. 적당한 타이밍에 고개를 끄덕이고,
손으로는 부지런히 회의 내용을 적는 시늉을
했지만, 아까부터 의미 없는 낙서만 썼다
지우는 중이었다.

*도망가고 싶다. 북적대지만 은밀하게. 많은
사람이 오지만 이름은 누구도 모르게. 이게 뭐람.
뜨거운 아이스 아메리카노 같은 소리 하고 있네.
아……. 점심때 뭐 먹지.*

도윤은 두서없이 적어놓은 문장을 무심코
내려다보다가 뜨거운 아이스 아메리카노라는
단어에 시선이 머무른 순간 기분이 급격히
가라앉는 걸 느꼈다. 뜨거운 아이스
아메리카노, 일명 '뜨, 아, 아 프로젝트'는
이 행사의 비공식 별칭이었다. 동료들은

위로하듯이, 또는 놀리듯이 이 별명을
사용하면서 그녀를 더욱 우울하게 했다. 예를
들면 이런 식이었다.

"다음 달 필리핀에서 신제품 출시하는
행사를 저 혼자 하기는 버거울 것 같아요. 누가
같이 해주면 좋겠는데요. 도윤 님이 작년에
해보지 않았나요?"

"아이고, 안 돼. 안 돼. 도윤 님은 건드리지
말아요. 지금 '뜨아아 프로젝트' 하고
있다고요."

"……뜨아아?"

"그거 있잖아요. J 기관의 청년 창업
박람회."

"아 그거. 맞다. 그게 있었죠. 아휴, 참."

처음에 말을 꺼낸 선임 매니저가
탄식하듯이 내뱉었다. 혼자 이해를 못 한
신입이자 막내가 옆자리의 강 매니저에게

묻자, 그가 조그맣게 설명해주는 소리가
들렸다. 막내는 믿을 수 없다는 듯이
'진짜요?'라며 눈을 동그랗게 떴다. 도윤의
유일한 동기이자 매번 탕비실 간식을 가지고
경쟁하는 강 매니저가 도윤을 흘깃 보더니,
'진짜로 실화'라고 힘주어 대답했다. 막내는
'대박'이라고 조용히 속삭이며 도윤을 향해
안쓰러운 표정을 지었다.

　　저 은혜도 모르는 녀석을 도와주는
게 아니었는데. 같은 대학을 나와서 함께
동종 업계에 뛰어든 이후 가장 의지하는
동료였는데 도무지 믿을 놈 하나 없었다. 얼마
전 그가 9년 사귄 여자 친구에게 프러포즈하는
걸 도와준 시간이 아까울 지경이었다.
우스꽝스러운 별명도 분명히 저 자식이
만들어서 퍼트렸을 거야. 그녀는 키득대는
동기의 얼굴을 보며 이를 악물었다.

뜨거운 아이스 아메리카노 프로젝트. 일명 뜨아아 프로젝트.

망할 별명으로 놀림과 동정을 동시에 받게 만든 J 기관 행사는 이 바닥에서 나름대로 산전수전 다 겪었다고 생각한 도윤조차 당황하게 했다. 그녀는 불운이 당첨된 자신의 신세를 한탄했다. '내 커리어 최대 위기'라고 우울하게 중얼거리면서.

2

2주 전, 강서구 마곡동에 있는 사무실을 나설 때까지만 해도 도윤의 기분은 꽤 괜찮았다. 8월 말이라 여전히 여름의 기운이 남아 있었지만 후텁지근한 공기 대신 살랑살랑 시원한 바람이 불어왔다. 입추가 지나면 확실하게 공기가 달라지는 건 매년

겪어도 신기한 일이다. 클라이언트 요청을
받은 날씨의 정령들이 절기에 맞춰 밤샘
작업을 한 후 날씨를 출시하는 것도 아닐 텐데
말이지.

미팅 상대는 판교역 근처에 있는
J 기관이었다. 꽤 규모가 큰 공공 기관이었는데
본사는 지방에 있지만, 판교 지사가 따로
있었다. 도윤은 지하철 9호선과 신분당선을
순서대로 타고 판교역에 내린 후 느긋한
걸음으로 약속 장소까지 걸었다. 건물에
도착하자 그녀는 크고 작은 디스플레이로
번쩍이는 로비를 지나 안내 데스크로 갔다.

"방문 등록하셨나요?"

"네, 퍼실리테이터팀 류서준 대리님과
약속이 있습니다."

직원은 도윤의 말에 고개를 끄덕이며
어딘가로 전화를 걸었다. 잠시 후 몇 가지를

빠르게 입력하더니 Visitor(방문자)라고 적힌 방문증을 내밀었다. 도윤이 출입 게이트에 방문증을 대자 덜컥, 하며 문이 열렸다. 엘리베이터 앞에서 다시 한번 방문증을 댔다. 층 버튼은 따로 누를 필요가 없었는데 방문증에 등록된 정보에 따라 목적지에 해당하는 층이 저절로 입력되는 시스템이었기 때문이다. 그녀는 처음에 이걸 모른 채 엘리베이터에 탔다가 갇혀서 허둥지둥했었다.

　　띠링.

　　엘리베이터가 19층에서 열리자 문 앞에는 담당자인 류서준 대리가 기다리고 있었다. 입사 2년 차라고 했던가? 명문 대학의 산업공학 대학원을 졸업하자마자 첫 직장으로 여길 입사했다는 그는 키가 크고 덩치도 있는 편이었다. 진한 눈썹에 선이 굵은 얼굴이라서 첫인상은 다소 위압적으로 보였지만 상대적으로 눈꼬리가 아래로 살짝 처져 있어 순한 느낌을 주었다. 그를 볼 때면 도윤은 할머니 댁에서 키웠던 말라뮤트 믹스견 까미를 종종 떠올렸다.

그동안 각양각색의 클라이언트에게 시달려본 경험에 따르면 서준 같은 담당자는 괜찮은 편에 속했다. 3개월 전 처음으로 협업한 창업 아이디어 공모전에서 그는 업무의 낯섦에도 불구하고 꽤 열심이었다. 일하다가 궁금한 게 생기면 하나씩 적어두었다가 '너무 기초적인 질문이라 죄송하지만' 같은 말을 덧붙이며 그녀에게 정중하게 물어보곤 했다.

이번 행사도 나쁘지 않겠어. 엘리베이터 옆의 작은 회의실에 앉아 테이블 위를 보면서 도윤은 생각했다. 모과 음료와 아리수 생수가 가지런히 놓여 있었다. 지난번 회의에서 계속

기침하던 걸 기억한 걸까. 기특하기도 하지. 흐뭇해진 도윤이 음료 뚜껑을 열자 서준은 옅게 미소를 지었다. 도윤은 음료를 한 모금 마신 후 그에게 물었다.

"저희에게 요청하신 게 청년 창업 박람회죠?"

"네, 맞습니다."

"저희와는 처음 해보는 행사인데, 지금까지는 다른 곳과 진행하셨나 봐요?"

"5년 동안 매년 하던 행사인데, 그동안은 본사가 있는 지역에서 작게 진행했다고 하더라고요. 규모가 크지 않다 보니 담당 부서에서 장소와 부스 정도만 대여해서 진행했다고 들었습니다. 이번에는 경영진이 지시하시길, 규모를 키워서 제대로 해보라고 하셨고요."

서준은 말을 마치고 숨을 폭 내쉬었다.

처음 맡는 큰 규모의 프로젝트라서 그런지 긴장한 기색이 역력해 보였다. 그는 큼, 하고 기침을 한 후 도윤에게 조심스레 물었다.

"도윤 매니저님은 이런 행사 많이 해보셨죠?"

"그런 편이죠, 뭐. 최근 몇 년 동안 공공 기관에서 비슷한 행사들을 워낙 많이 하고 있잖아요. 혹시 5월에 코엑스에서 중기부가 했던 행사 아시나요? 저희가 진행한 프로젝트였거든요."

"다행입니다. 제가 처음 해보는 업무라서 아무래도 좀 서툴 수 있지만, 아무쪼록 잘 부탁드립니다."

"저야말로 잘 부탁드려야죠. 그러면 대략적인 내용을 한번 들어볼까요? 오늘은 본격적으로 시작하기 전에 실무자들끼리 간단하게 이야기를 나누는 자리니까 부담

갖지는 마시고요."

서준은 고개를 끄덕이더니 수첩을
부지런히 넘겼다. 메모해놓은 내용을
참고하면서 하나씩 차분하게 설명하기
시작했다. 도윤은 서준이 또박또박 전해주는
예상 날짜, 선호 지역, 원하는 콘셉트, 예산
규모, 주요 참가 대상자 등을 꼼꼼히 메모했다.
궁금한 것이 생기면 중간에 메모를 멈추고
질문했다. 이야기를 시작한 지 15분 정도
지났을까, 도윤의 머릿속에 행사의 대략적인
그림이 착착 그려졌다.

1박 2일 일정의 박람회. 지역은 서울이나
경기도. 대상은 청년 창업가. 부스와 행사가
연계된 방식, 규모 크게.

까다롭고 자잘한 일이 많기는 해도 기존의

박람회들과 크게 다르지 않아 보였다. 도윤은
국제 산업 전시회, 의료 산업 콘퍼런스, 여행
콘텐츠 박람회, 디자이너와 메타버스의 컬래버
전시회, IT 신제품 발표회 등 크고 작은 행사를
국내외에서 기획하고 진행한 경험이 풍부했다.

경험이 풍부하다는 의미는 별난 사건도
많이 겪었다는 뜻일 거다. 도윤은 4년 전
지금의 회사로 옮기고 나서 처음 맡게 된 M 사
행사를 어제 일처럼 또렷하게 기억하고 있다.
프리미엄 스테이크 론칭 행사였는데, M 사의
대표이사는 미술관처럼 고급스러운 장소에서
해야 한다며 고집을 부렸다. 다행히 권 팀장이
친한 미술관 관장에게 거의 빌듯이 부탁해
간신히 장소를 마련하는 데 성공했다.

그런데 행사 당일, 기어코 사고가
터지고 말았다. 대표이사가 고기를 구워서
참석자들에게 맛보여 주겠다며 고집을 부리는

바람에 미술관 관장의 눈을 돌아가게 했기 때문이다. 당장 나가라며 화를 내는 미술관 관장과 프라이팬을 위협적으로 들고 있던 대표 사이에서 그녀는 넋이 나갈 지경이었다. 그때 권 팀장이 대표의 멱살을 잡다시피 하며 프라이팬을 빼앗는 것으로 상황이 간신히 진정되었다. 지금까지도 술자리에서 그날을 이야기할 때마다 다들 얼마나 키득대며 웃는지 모른다.

우즈베키스탄 행사도 빼놓을 수 없다. 문체부 후원으로 개최하는 '한국 영화의 밤'이었다. 행사 당일이 되자 전날까지도 멀쩡했던 호텔의 전기가 갑자기 불안정해지는 바람에 도무지 영화를 볼 수가 없었다. 결국, VIP들을 모셔놓고 한국 노래 장기 자랑을 진행했던 진땀 나는 순간이었다. 그나마 참가자들이 즐거워해서 다행이었지만. 그날

도윤은 평소 카리스마가 넘치던 대표님이
러브홀릭의 〈분홍 립스틱〉을 열창하는 모습을
입을 벌린 채로 쳐다봤다.

　　지난날의 우당탕탕 행사들에 비하면
J 기관의 행사는 무난한 축에 든다는 걸
파악하자, 도윤은 느긋해진 마음으로 의자에
등을 기대었다. 남은 모과 음료를 천천히
마시면서 앞으로 처리할 업무 순서를 하나씩
떠올렸다. 그런데 맞은편 서준의 태도가
아무래도 미심쩍다는 생각이 스쳐 지나갔다.
아까부터 초조한 기색인 걸 눈치채긴
했지만, 큰 행사로 긴장한 탓이겠거니 가볍게
넘겼는데 시간이 지나도 그의 표정은 도무지
풀리지 않았다. 도윤이 의아함을 담아 그를
빤히 바라보자, 서준은 용기를 쥐어짜듯이
입을 몇 차례 달싹이더니 물었다.

　　"도윤 매니저님. 창업 박람회 이름은

어떻게 짓습니까?"

"글쎄요. 정해진 건 없지만 주최하는
기업 이름이나 창업 분야를 언급하는 경우가
많죠. '□□ 그룹의 스타트업 박람회'나 '문화
예술인을 위한 창업 박람회', 이런 식으로요."

"……그렇군요. 저, 그런데, 음, 아무래도
이름을 눈에 띄게 하면 좀 더 홍보가 되겠죠?"

"이름보다 중요한 건 행사의 내실이죠.
물론 이름이 눈에 띄면 금상첨화고요.
다음 미팅에 행사 이름도 몇 개 고민해서
가져올게요."

"아뇨, 아뇨. 사실 저희 경영진에서 이미
이름을 짓긴……. 콜록, 흠. 죄송합니다. 지난
회의에서 말씀하셔서, 내부적으로 정한
상태거든요."

"세상에! 저희 업무를 줄여주셨네요. 행사
이름이 뭔가요?"

도윤은 침울한 기색의 서준을 격려하듯 일부러 더 명랑한 톤으로 물었다. 동시에 눈을 과장되게 동그랗게 뜨고는 태블릿 펜을 들고 당장 메모할 준비를 했다. 그러니 기운 내요, 말라뮤트. 그녀는 눈으로 응원을 건넸다. 경영진이 낸 아이디어면 기껏해야 삼행시나 아재 개그 같은 언어유희겠지. 저는 이미 이 바닥에서 온갖 경험을 한 사람이랍니다. 웬만한 걸로는 놀라지 않아요. 그녀의 여유 있는 표정을 보면서 서준은 자신 없는 목소리로 작게 웅얼거렸다.

"볼륨 빵빵요."

"……네?"

도윤은 순간 자신의 귀를 의심했다. 서준이 얼굴을 살짝 일그러뜨리더니 눈을 질끈 감고 조금 더 분명한 목소리로 말했다.

"볼륨 빵빵요. 볼륨 빵빵 청년 창업가

박람회요."

아,

이건 좀 예상 밖인데.

3

서준의 감은 눈 앞에는 지난번 회의
장면이 빠르게 재생되고 있었다. 판교
지사에서 근무하는 서준과 팀장은 지난주
'위클리 미팅'에 참석하기 위해 본사로 갔었다.
위클리 미팅은 월요일 아침마다 열리는 사장
주재의 임원 회의를 부르는 새로운 이름으로
올해 2월에 새로 부임한 CEO가 가져온
대표적인 변화 중 하나였다.

그가 바꾼 것은 이것만이 아니었다.
인사팀은 기업문화팀으로, 창업지원팀은

액셀러레이터팀으로 바꾸었고 자신의 직함마저 새로 지었다. 명함에 적힌 공식 명칭은 '박정웅 CEO & CCO'였다. CCO는 Chief Creative Officer의 약자였는데 번역하자면 최고 크리에이티브 책임자였다. 최고 경영자이자 최고 크리에이티브 책임자. 그는 이 직함을 무척이나 자랑스레 여겼다. CIO(Chief Innovation Officer), 최고 혁신 책임자라는 호칭도 넣고 싶어 했지만, 고민 끝에 저 두 개로 정했다. 최종 결정이 나오기 전까지 글로벌지원팀 직원들은 어떤 유명한 리더가 CCO 또는 CIO라는 호칭을 쓰는지, 외국인이 들었을 때 뉘앙스가 어떻게 달라지는지 꼼꼼하게 조사해서 보고서를 올리느라 수시로 야근을 했다.

일찌감치 도착한 서준과 팀장은 회의 테이블 뒤의 배석자 자리에 조심스럽게

궁둥이를 붙이고 앉았다. 잠시 후 회의 시간이 되자 박 대표가 피곤한 기색으로 들어와 자리에 앉았다. 검은색 목폴라에 짙은 남색 재킷을 입고 있었는데, 목 부분이 조여서 불편해 보였다. 안경은 검은 테에 가늘게 빨간 줄이 그어진 감각적인 디자인이었는데, 돋보기를 보듯이 코끝에 얹고 있어서 묘하게 이질적인 그림이었다.

임원 회의, 아니 위클리 미팅은 한 시간 정도 이어졌다. 보고 내용에 따라 어떤 임원은 칭찬을, 다른 누구는 질타를 받았지만, 자기 차례가 끝난 임원들은 공통적으로 후련한 표정을 지었다. 얼마나 시간이 흘렀을까. 마침내 서준의 팀이 맡은 창업 박람회가 안건으로 올라왔다. 피곤한 듯 눈을 문지르던 박 대표는 질문했다.

"청년 창업 박람회라. 매년 하는

행사인가요?"

"맞습니다. 5년 정도 됐습니다. 창업가 또는 예비 창업가의 제품과 서비스를 다른 사람들에게 소개하는 자리입니다."

서준의 본부장인 문 본부장이 대답하자 박 대표는 흐음, 소리를 내며 고민에 빠졌다. 서준은 눈을 조심스레 굴려 본부장을 쳐다보았지만, 그는 별다른 말을 덧붙이지 않았다. 박 대표가 이런 행사를 어떻게 평가하는지 아직 가늠할 수 없었기 때문이다. 모를 때는 일단 가만히 있는 게 상책이다.

"효과가 있었나요?"

잠시 후 박 대표가 냉소적인 말투로 묻자 상황이 조금 더 분명해지는 듯했다. 문 본부장은 빠르게 노선을 정했다.

"아무래도 소규모로 하다 보니 참가 인원이 많지 않았습니다. 다른 기관에서도 비슷한 행사들을 중복해서 하고 있고요.
때문에 내부적으로도 회의적인 입장이긴
합니다."

"그러면 이번에는."

"네. 예산 차원에서 그럼."

"그러면 이번에는 제대로 한번
해봐야겠네."

"취소하는, 아, 네? 네?"

"내가 왔지 않습니까. 그전과는
다르잖아요?"

"그렇죠. 물론 그렇습니다."

"내가 스탠퍼드 대학에 있을 때 말이죠. 참,
다들 스탠퍼드 옆에 실리콘밸리 있는 거 알고
계시죠? 실리콘밸리의 창업 인프라 문화를
보면서 배울 게 참 많다고 느꼈거든. 우리도
제대로 한번 해보면 어떨까? 지금까지 한
것처럼 자잘하게 하지 말고 크게 키워서."

"맞는 말씀이십니다. 확실하게 잘 준비해 보겠습니다. 사실 젊은 직원들 사이에서 대표님 같은 의견이 많았습니다."

문 본부장은 재빠르게 태세를 전환했다. 덧붙여서 박 대표가 가장 기분 좋아할 만한 말을 꺼내었다. 수개월의 경험에 따르면 박 대표는 '감각이 젊다'라는 소리만 들으면 눈에 띄게 표정이 밝아졌다. 50대 후반의 박 대표는 자신이 나이답지 않게 굴어서 주변 사람들의 구박을 받는다는 걸 은근히 자랑처럼 말하곤 했다.

분위기가 훈훈해진 가운데, 박 대표가 말을 이었다.

"청년 창업 박람회의 이름은 뭐라고 지으면 좋겠어요? 우리의 콘셉트를 확실하게 보여줬으면 좋겠는데."

"'J 기관이 밀어주고 키워주는 청년 창업'

어떤가요?"

"음……. 너무 평범하지 않나?"

"'뻔뻔한 청년 창업 박람회' 어떠신가요?"

홍보 본부장이 얼른 덧붙였다. 대표가
'뻔뻔?'이라면서 고개를 갸웃하자 Fun Fun의
언어유희라고 설명했다. 즐겁게 사업을
키워가면서 동시에 세상에 당당하게 도전하는
청년 창업가를 의미한다고 설명하자 대표가
하하하, 큰 소리로 웃었다. 그래, 이거구나.
감을 잡은 임원들이 앞다투어 의견을 내기
시작했다.

"'청소 창업 박람회'는 어떨까요? 청년의
소리를 듣고, 청년의 소중한 꿈을 키워준다는
의미입니다."

"더블 업은 어떠신가요? 청년 창업가의
매출을 올리고, 목소리도 올린다는 뜻으로."

박 대표는 임원들이 우후죽순 발표하는

아이디어를 듣다가 마지막 의견에 멈칫하더니 '더블 업?'이라고 중얼거렸다. 이내 테이블을 탁, 치며 반짝이는 눈으로 말했다.

"볼륨 업으로 하면 어떻겠어요?"

"……네?"

일순간 조용해졌다. 농담인지 진담인지를 몰라 혼란스러워하는 분위기가 이어지자 박 대표가 답답하다는 표정으로 발음을 최대한 굴렸다.

"브이 오 엘 유 엠 이. 브얼륨 업(Volume Up)이라고요."

대표의 말이 끝나자마자 국제 본부 최 본부장의 감탄 어린 목소리가 회의장을 울렸다.

"아주 탁월한 의견이십니다. 볼륨이라는 단어는 매출, 사업 규모, 소리 크기 등에 모두 쓰이니까요."

박 대표는 이제야 자신의 지적인 재치를 이해하는 사람이 생겼다는 표정으로 최 본부장을 향해 눈짓했다. 그 모습을 보면서 홍보 본부의 송 본부장이 질세라 얼른 덧붙였다.

"이야. 듣고 보니 정말 기가 막힌 이름입니다. 그런데 다양한 볼륨을 의미하니까 '볼륨 업업'이 더 낫지 않을까요?"

"좋은 생각이에요. 송 본부장. 그런데, 가만있어보자. 볼륨 업업? 발음이 어려워서 어쩐지 입에 착 붙지 않는 느낌인데. 자고로 좋은 브랜드는 발음하기도 편해야 하거든. 아, '볼륨 빵빵'으로 하면 어떻겠어요? 매출과 사업 규모를 빵빵하게 키운다는 의미로. 청년 목소리가 빵빵하게 들리도록 돕겠다는 뜻도 되고."

와하하, 임원들은 일제히 큰 소리로 웃었다. 누군가 크리에이티브를 총괄하는

CCO라서 역시 감각이 다르다는 칭찬을 하자
다시 한번 회의실에 웃음이 번졌다. 박 대표는
짐짓 겸손한 표정으로 다 함께 만든 의견인데
무슨 소리냐며 손사래를 치더니, 웃음기가
여전히 남은 얼굴로 문 본부장을 향해
지시했다.

"문 본부장은 오늘 회의에서 나온
이야기를 잘 정리해서 고민해보세요. 이번에
제대로 해봅시다, 제대로."

문 본부장은 꼭 그러겠노라며 힘주어
대답한 후 뒤를 돌아 배석한 팀장과 서준을
보았다. 팀장은 어색하게 미소를 지었다.
서준은 얼른 고개를 숙이고 열심히 지시
사항을 메모하는 시늉을 했다.

청년 창업 박람회
볼륨 업업

서준은 수첩에 적은 단어들을 소리 나지 않게 입안에서 발음해보았다. 생소하고 낯선 단어가 혀 위에 굴러가자 기분이 이상했다. 혀끝에 아린 쓴맛이 희미하게 남았다가 이내 사라졌다.

4

"서준 대리님. 볼륨 빵빵은 정말 아닌 것 같은데요."

도윤은 말을 끝내자마자 서준의 눈을 쳐다보고 바로 후회했다. 눈꼬리가 평소보다 더 내려가 정말 할머니 댁 까미와 닮은꼴이 되었다. 그 역시 하고 싶지 않은 기색이 역력했다. 마음이 약해진 도윤은 오히려 그를 위로하기 시작했다.

"괜찮아요. 아직 확정된 건 아니잖아요."

"대표님이 직접 낸 아이디어다 보니……. 아무래도 윗분들은 그대로 따르시려는 것 같습니다."

서준은 회의 당시의 모습을 상세히 설명해주었다. 그는 서울로 돌아오는 KTX 안에서 팀장에게 조심스럽게 반대 의견을 냈지만, 돌아오는 건 짜증 섞인 면박뿐이었다고 했다. 말을 마친 서준이 눈에 띄게 시무룩해진 모습을 보면서 도윤은 빠르게 상황 판단을 끝냈다.

"저도 회사에 가서 상의해볼게요. 어차피 다음번에는 저희 쪽 리더와 함께 정식으로 미팅할 테니 그때 다시 이야기해보는 걸로 하죠."

도윤은 서준에게 너무 걱정하지 말라고

토닥이며 씩씩한 태도로 자리에서 일어났지만,
혼자 남게 되자 근심에 가슴이 욱신거릴
지경이었다. J 기관처럼 CEO가 의견을 내고
임원들이 호응하는 상황에서는 설득하기가
무척 까다로웠다. 웬만하면 눈을 딱 감고
맞장구를 쳐준 후 최대한 원하는 대로
만들어주는 게 차라리 속 편했다. 그녀는
휴대전화의 모서리로 지끈거리는 관자놀이를
꾹꾹 눌러서 마사지했다.

　　사무실로 돌아가는 동안, 도윤은 지하철
의자에 앉아서 흔들리는 창을 심란하게
바라보았다. '창업 박람회에 참석해
주시겠어요? 행사명요? 볼륨 빵빵입니다.
재미있죠? 하하하'라고 말하는 자신의 모습을
머릿속에 잠시 그려보았다가 얼른 지워버렸다.
그러다 문득, 어쩌면, 이라는 실낱같은 희망을
품고 포털에 '볼륨 빵빵'을 검색해보았다.

혹시 그녀가 괜한 선입견을 품고 있는지도 몰랐다. 다른 사람들은 의외로 아무렇지 않을 수도 있지 않을까. 빠르게 손가락으로 결과를 훑어보던 도윤의 얼굴이 조금씩 밝아졌다.

볼륨 빵빵 정수리 볼륨, 원장님께 볼륨 빵빵 헤어 솔루션 받았어요. 볼륨 빵빵 고데기, 드라이 필요 없는 볼륨 빵빵 앞머리……

세상에. 이것 봐봐. 완전 괜찮잖아? 검색 결과 어디에도 선정적 의미는 찾아볼 수가 없었다. 괜히 예민하게 과민 반응을 보였나 봐. 도윤은 기쁜 마음을 감추지 못한 채 구글에도 검색해보았다. 역시나 마찬가지. 도윤은 깊이 안도하며 자기도 모르게 미소를 지었다.

그녀의 얼굴에 번졌던 희미한 미소는 이미지 검색 부문을 누르는 순간 천천히

굳어갔다. 화면에는 육감적인 언니들이 한껏
몸매를 드러낸 모습으로 여기저기 등장하고
있었다. 연관된 수식어 역시 가관이었다.
아찔한, 터질 듯한, 반전의, 모두를 쓰러트린,
눈을 둘 데 없는, 등등.

　젠장. 도윤은 휴대전화를 힘없이
내려놓았다. 동시에 차가운 지하철 손잡이
봉에 지끈대는 머리를 기댔다.

5

　"진짜로요? 진지하게?"

　"네, 그렇대요."

　도윤은 사무실로 돌아와 권 팀장에게 들은
내용을 전했다. 빠르게 내용을 훑어가던 그는
행사의 명칭과 이유를 듣는 순간 멈칫했다.

　"우리야 클라이언트가 설사 똥을 전시하고

싶다고 해도 완전 깔끔하게, 입이 떡 벌어지게
해주는 사람들이지만, 이건 너무 다른 종류의
똥인데. 물론 아직 검토 단계겠죠?"

도윤은 고개를 천천히 저었다.

"대표가 직접 낸 아이디어인가 봐요."

"이상하다고 말하는 사람이 한 사람도
없었대요?"

"다들 엄청 재치 있는 아이디어라고
찬성했다던데요. 그나마 '볼륨 업, 볼륨
빵빵'이라고 하려는 걸 막은 거래요."

"한국어에 익숙하지 않은 경우인가. 혹시
대표가 외국에서 오래 살았답니까?"

도윤 역시 서준에게 같은 질문을 했다.
그러자 서준은 박 대표가 스탠퍼드 대학에
객원 연구원으로 6개월 있었던 게 전부라고
했다. 말만 연구원이지 회사에서 모든
비용을 대고 연구실에 이름만 올리는, 일종의

휴가였다. 그가 전 직장에서 부원장이던 시절,
낙하산으로 부임한 젊은 원장이 그를 일주일
만에 자리에서 쫓아낸 후 보여준 나름의
마지막 배려였다고.

　권 팀장은 테이블 위에 올려놓은 손을
까딱까딱하면서 깊은 생각에 잠기더니
좀 더 알아봐야겠다며 일어섰다. 도윤은
간절한 마음으로 유일하게 믿는 구석인 그의
뒷모습을 바라보았다. 그녀는 팀장이 기가
막힌 말솜씨로 클라이언트를 구워삶는 걸
여러 차례 본 적이 있다. 이번에도 마법을
보여줘야 할 텐데.

　권 팀장은 자리로 돌아가서 누군가와
한참이나 통화하는 것 같았는데 아마도
J 기관의 팀장 같았다. 얼마나 시간이
지났을까. 지친 기색으로 돌아온 그는 도윤의
책상 옆에 있는 보조 의자에 털썩 앉았다.

"J 기관은 전혀 바꿀 생각이 없던데요.
팀장과 본부장 모두 펄쩍 뛰더라고요.
자기들은 절대로 대표에게 보고 못 한대요."

"어떻게 해요, 그럼?"

그녀가 심란한 표정을 짓자 팀장이 손을
턱에 괸 채 잠시 고민하는 눈치였다. 잠시 후
조심스럽게 말을 꺼냈다.

"혹시 우리가 잘못 생각하는 건 아닐까요?
어쩌면 생각처럼 나쁘지 않을지도 몰라요.
자, 이거 봐요. 검색하면 미용실 머리만 잔뜩
나오잖아요. 우리같이 생각하지 않는다고요."

팀장은 휴대전화를 도윤에게 내밀었다.
도윤은 대답 대신 자신의 휴대전화에서 구글
애플리케이션을 열어 똑같은 키워드로 이미지
검색을 한 후 그에게 내밀었다. 육감적인
여자들의 풍만한 몸이 화면에 가득했다.
팀장은 제장, 자그맣게 한탄했다.

"거기는 왜 대표에게 아니라고 말을 못 한답니까? 자기들도 아니라고 생각하면서."

"팀장님, 정작 우리도 지금 못 하고 있잖아요."

끙, 하며 팀장은 앓는 소리를 했다. 그러면서 덧붙였다.

"그동안 온갖 헛발질을 하는 다른 곳을 보면서 생각했거든요. 도대체 무슨 생각으로 저런 결정을 내렸지? 중간에 이상하다고 말하는 사람이 한 사람도 없었단 말이야? 그런데 남 일이 아니었네."

그 후로 그들은 이 난관을 해결하기 위해 끊임없이 토론했지만, 도무지 마땅한 답이 나오지 않았다. J 기관 대표의 의욕적인 태도를 생각하면 유망한 창업가나 벤처 투자자, 기업 담당자를 잔뜩 초청하고 일반 참석자가 함께 북적이도록 최선을 다해야 했다. 하지만

행사명이 외부에 알려지는 순간을 떠올리자
암울한 생각만 들었다. 뉴스에나 안 나오면
다행이겠지.

행사가 성황리에 북적이면서도 이름에
관한 언급은 조금도 없는 게 도대체
가능한 일인가? 난해한 딜레마를 지닌
프로젝트에 관한 소문은 빠르게 회사 전체로
퍼졌다. 지난주에는 동기인 강 매니저가
굳이 그녀에게 와서 망할 별명인 '뜨아아
프로젝트'를 친절하게 가르쳐주기도 했다.
망했어. 난 망했다고. 절망스러워진 도윤은
책상에 엎드려서 머리를 박았다.

도윤은 한참을 엎드려 있다가 천천히
머리를 옆으로 돌렸다. 그녀의 힘없는 시선에
지난 여름휴가 때 제주도에서 사 온 인형이
걸렸다. 제주 조랑말을 탄 죠르디는 긴 지팡이
끝에 당근을 매달고 신나는 표정으로 그녀를

바라보고 있었다. 휴가 때는 참 재미있었는데.
도윤은 죠르디의 해맑은 얼굴을 멍하니
바라보며 중얼거렸다.

이제 남은 건 권 팀장과 힘을 합쳐서
J 기관의 박 대표를 직접 설득하는 것뿐이었다.
나도 죠르디처럼 당근을 흔들어 봐야겠어.

6

도윤과 권 팀장은 J 기관의 위클리 미팅에
참석하기 위해 KTX 첫차를 탔다. 작은 전투를
앞두고 그들은 마음을 단단히 먹었다. 9월
중순의 공기에는 도윤이 좋아하는 가을
냄새가 났지만, 느낄 여유 따위는 없었다.
J 기관 본사는 기차에서 내려 택시로 15분
정도 이동해야 하는 위치였는데, 본사 건물
앞에 도착하자 서준이 마중 나와 있었다. 그는

지난주 금요일부터 와 있는 중이라고 했다.

회의실에 들어가자 스물네 개의 눈동자가 동시에 그들을 향했다. 긴장한 도윤은 자기도 모르게 옆의 권 팀장을 바라보았다. 그는 평소처럼 덤덤한 표정이었다. 하긴, 내로라하는 국제 행사를 치르면서 장관에게도 직접 보고하던 사람인데 뭐가 떨리겠어. 도윤도 금세 마음이 차분해졌다. 그리고 가장 상석에 앉아 있는 박 대표를 바라보면서 맞은편에 마련해둔 그들의 자리에 앉았다. 권 팀장은 대표를 향해 옅은 미소를 지었다.

"만나 뵙게 되어 반갑습니다. 저는 기획제작사 W의 팀장이자 수석 기획자인 권정석 PD라고 합니다. 옆에는 이번 행사의 담당자인 신도윤 매니저입니다."

"그래요. 잘 부탁합니다. 그쪽이 우리 창업 박람회 행사를 맡은 대행업체라고 들었어요."

대행업체. 팀장이 제일 싫어하는 단어인데. 도윤은 살짝 움찔했지만, 팀장은 의외로 담담하게 고개를 끄덕였다. 박 대표가 말을 이었다.

"이번 행사에 기대가 무척 큰 건 알고 있겠죠?"

"네, 들었습니다."

"우리 조직이 오래되기도 했고, 공공 기관이다 보니까 아무래도 딱딱하고 경직된 느낌이 있거든. J 기관이 의외로 재미있고 감각 있게 했다, 사람들을 감탄하게 하는 게 목표예요. 우리라고 트렌디하지 말라는 법 있습니까?"

"동의합니다. 이런 경영진이 많지 않으신데 남다르시군요."

"허허. 생각이 잘 통하는 분이네. 사실 CEO 모임에 나가면 내가 나이가 제일 많은데, 매번

사고방식이 가장 요즘 사람 같다는 이야기를
듣습니다."

"그러실 것 같습니다."

"그래서 말인데요, 권 PD."

"네."

"아주 빵빵 터지게 기획해줄 수 있겠죠?
입소문이 나서 아주 화제가 되도록. 얼마 전에,
그 뭐냐. K 공공 기관 말이지. 거기 행사가
SNS에서 난리였답디다. 지난달에 차관님
주재로 공공 기관 대표 모임을 할 때 얼마나
자랑하던지. 차관님께서 내년에 꼭 참석하고
싶다고 하실 정도였다니까."

박 대표는 조금 분한 표정을 짓더니
빠르게 말을 이었다.

"이번 행사는 내가 부임하고 나서
처음으로 진행하는 대규모 행사입니다. 예산도
넉넉하게 배정하도록 다 조치해놨어요. 이름도

진즉에 지었지. 권 PD도 행사 이름 들었겠죠?"

"네, 들었습니다."

"어때요? 귀에 쏙쏙 들어오지 않나?"

"……튀는 이름인 건 분명합니다만, 그런데 정말 괜찮으시겠습니까? 아무래도 오해가 생길 수 있는 이름이지 않습니까."

순간 회의실이 조용해졌다. 임원들의 눈동자가 일제히 박 대표로 향했다. 그는 눈에 띄게 안면 근육이 굳어져 있었다.

"무슨? 누가 무슨 오해를 해요?"

"요즘 민감한 이슈니까요. 최근에 타 기관에서도……."

권 팀장은 차분히 말을 이어나가려고 했으나 박 대표가 탕탕, 소리가 나도록 매섭게 테이블 위를 치는 바람에 입을 다물었다.

"매사에 예민하고, 뭐든지 불평거리만 찾는 사람들까지 일일이 신경 쓰면 큰일을 어떻게 합니까? 그러니까 매번 고만고만한 결과만 나오는 겁니다. 이번에 K 기관에서 대박 난 유튜브를 봐요. 얼마나 창의적이고 신선합디까? 우리도 폼 잡고 진지하게만 하는 대신 새로운 도전을 해보려고 하는 거고요!"

"……."

"다른 임원들도 솔직히 말해보세요. 어떻게 생각하는지."

노여움으로 벌게진 박 대표가 주위를 둘러보자 임원들이 재빠르게 대답하기 시작했다.

"저는 오히려 요즘 유행하는 B급 정서로 유머러스하게 지은 이름이라고 생각하니 좋았습니다."

"반전을 주는 거잖아요. 처음에는 사람들이 이게 뭐지? 하고 쳐다볼 수 있게 만드는 게 중요하다고 생각합니다."

"안 그래도 저희 애들한테 물어봤는데, 재미있다는 반응이던데요."

박 대표의 얼굴이 조금씩 누그러졌다. 그 모습을 보며 아까부터 가장 열성적인 태도로 대답하던 한 임원이 제안했다.

"홍보 이미지도 아예 여자의 몸매 사진으로 시선을 끄는 게 어떨까요? 사람들이 깜짝 놀라면서 뭐지? 하고 주의 깊게 볼 거 아닙니까. 그런데 알고 보니 탄탄한 J 기관의 창업 박람회인 거죠. 재치 있는 반전 아니겠어요."

"요즘 예민한 사람들이 있어서 좀 어렵지 않을까요?"

"참나, 최 본부장이 의외로 답답하시네. 그러면 남자 몸매 사진도 같이 쓰면 되잖아요. 볼륨 빵빵한 근육질 사진으로."

"에이, 남자한테 볼륨 빵빵은 좀 이상하죠.

남자는 튼실한 하체 사진을 보여주면서 '경쟁력 우뚝' 같은 걸로 쓰는 게 어떻습니까? 마침 우리 행사가 창업가들의 경쟁력을 '우뚝' 세워주려는 취지니까 딱이네요."

와하하, 회의장에 웃음이 터졌다. 웃지 않는 사람은 권 팀장과 도윤, 서준뿐이었다. 웃음이 잦아들 무렵, 아까 경쟁력 우뚝을 운운하던 임원이 갑자기 뒤를 돌더니 배석해 있는 서준을 향해 핀잔을 주었다.

"서준 대리, 젊은 나이니까 이런 재미있는 농담이나 표현 자주 볼 거 아니에요. 재치 있는 아이디어 좀 꺼내봐요. 입사한 지 얼마 안 된 젊은 친구의 감각이 임원들보다 뒤떨어져 있으면 어떻게 합니까?"

난데없이 봉변을 당한 서준의 얼굴이 달아올랐다. 입을 몇 번 달싹이더니 이내 벌게진 얼굴로 필기하던 수첩을 뚫어지게 내려다볼 뿐이었다. 그 임원은 못마땅한 듯이 쯧, 하며 혀를 찼다. 도윤은 권 팀장에게 손짓해서 귀를 그녀 쪽으로 가까이하도록 한 후 작게 속삭였다. 입 모양을 가리는 조심성도 잊지 않으면서.

"방금 저 또라이는 도대체 누구예요?"

"이번 행사의 담당 본부장."

권 팀장은 씁쓸하게 대답하며 서준을 안쓰러운 표정으로 쳐다보았다. 그 시간 이후로 이름에 관한 논의는 없었다. 장소, 참석 규모, 예산 등의 다양한 주제를 논의했지만 이름에 관한 이야기는 마치 약속한 것처럼 침묵이었다.

이대로 끝내면 어떻게 해요? 회의가 마무리되는 분위기이자 도윤은 간절한 눈빛으로 팀장을 쳐다봤다. 그녀가 보내는 무언의 압박을 받으면서도 팀장은 묵묵히 회의 자료만 정리할 뿐이었다. 그럼 다음번 회의에서 뵙겠습니다, 라고 인사한 후 회의실을 나가려던 권 팀장은 '참, 그걸 말씀 안 드렸네'라고 중얼거리더니 뒤돌아 박 대표에게 말했다.

"이런 큰 행사에는 외국인들도 많이 보러 옵니다. 그런데 영어 행사명을 쓸 때 빵빵을 발음 그대로 영어로 표기하면 외국인들은 모르지 않을까요?"

"그러면 큰일이지. 권 PD는 어떻게 했으면 좋겠나요?"

"팝(pop)으로 하면 어떻습니까? 발음이 유사하고 팡팡 터진다는 의미가 있으니까요."

"볼륨 팝팝? 아니지, 팝이 형용사고 볼륨이 명사니까 팝팝 볼륨으로 하는 게 맞는 건가?"

"그렇습니다. 영어 행사명은 'Pop-Pop Volume! Startup Fair for the Young

Entrepreneur'가 되겠네요."

　권 팀장이 세련된 영어 발음으로 행사명을
매끄럽게 발음하자 박 대표가 고개를
끄덕이며 만족스러워했다.

　"그래요. 그렇게 하세요."

7

　도윤은 회의 이후 급격히 말수가 줄었다.
그녀와 팀장은 서울에 늦지 않게 도착하기
위해 KTX 역으로 서둘러 이동했다. 열차 출발
시간 20분 전에 도착해 여유가 있었기 때문에
그들은 간단한 요깃거리를 사러 편의점에
들렀다. 그녀는 입안이 까끌까끌해서
아무것도 먹고 싶지 않아 간신히 생수 한
병을 집었다가 내려놓았다. 그러고는 권
팀장의 뒤통수를 분한 마음으로 노려보았다.

저 물색없이 과자를 잔뜩 고르고 있는 태평스러운 꼴을 보라지. 잠시 후 열차에 올라타 자리를 찾아 앉을 때까지 도윤은 한마디도 하지 않았다.

푹신한 의자에 앉자 비로소 아까부터 애써 눌러둔 생각이 앞다투어 그녀에게 밀려들어왔다. 왜 권 팀장은 입을 다물었을까. 정말 괜찮다고 생각하는 건가. 원래 그런 사람이 아닌데. 회의 장면을 천천히 복기하자 배 안쪽에서 뜨끈한 열기가 목구멍을 향해 조금씩 올라왔다. 오랜만에 경험하는 비릿한 감각이었다. 도윤이 기시감을 인식한 순간, 잊었다고 생각했던, 머릿속 한편에 곱게 구겨 넣어둔 옛 기억이 쿨렁쿨렁, 밀려 나왔다.

지금의 회사로 오기 전, 도윤은 직원이 일곱 명인 행사 대행 에이전시에서 일했었다. 회사의 신조는 '클라이언트가 원하는 건

무조건 해준다'였는데 항상 화려한 화장에 몸에 딱 맞는 바지 정장 차림이던 사장은 종종 직원들에게 말했다.

"우리 회사는 말이야. 클라이언트가 아무리 불가능한 요청을 해도 이뤄주는 게 경쟁력이자 정체성이라고 봐요. 조금만 어렵다 싶으면 이래서 안 된다, 저래서 안 된다면서 불평하는 사람이 있어. 프로답지 못한 태도잖아. 세상에 안 되는 게 어딨어?"

클라이언트에게 무조건 예스를 외치고 일거리를 받아 오는 사장과 실장 덕분에 야근과 주말 근무는 일상이었다. 하지만 월급은 도윤의 몸 하나 간신히 챙길 수준으로 빈약했다. 3년을 일했는데 퇴사 전 마지막으로 통장에 찍힌 금액이 2,150,372원이었으니 말이다. 일주일에 70시간이 훌쩍 넘는 근무시간을 생각하면 사실상 최저임금도 안

되는 월급이었다.

하지만 이 분야의 경력은 현장 도제식으로 쌓이는 경우가 많다 보니 다들 그러려니 납득하는 분위기였다. 2~3년 경력이 쌓이면 좀 더 좋은 곳으로 이직할 가능성이 생기니까. 도윤 역시 담담히 받아들였다. 가끔 마음속에 불덩이가 멍울처럼 맺히긴 했지만, 시간이 지나면 또 괜찮아졌고 금세 잊었다.

그러던 어느 날, 도윤이 3년 차가 되던 무렵이었다. 한 지자체의 5개년 정책 발표회를 맡게 되었는데 메인 행사 전에 지자체장과 지역의 기업 경영진이 만나는 조찬 간담회를 준비해달라는 요청을 받았다. 조찬 간담회 장소는 행사장과 같은 건물의 회의실로 결정되었고, 여기까지는 순조롭게 진행되었다. 문제는 간담회 메뉴였다. 이른 시간에 배송이 가능한 식사가 샌드위치와 과일이라는 말을 듣자 담당 주무관은 펄쩍 뛰었다.

"높은 분들 모시고 빵 쪼가리를 드리면
어떻게 합니까? 아침에 그게 목구멍으로
넘어가겠어요?"

"아침 6시에 배송되는 건 그것밖에 없어요.
메뉴가 문제라면 간담회를 근처 호텔에서
하시는 건 어떠세요? 호텔 회의실에서는
한식이나 일식 도시락을 제공합니다."

"아이참. 그러면 동선이 꼬인다고요."

어쩌라는 건가. 도윤이 얼굴을 찌푸리자,
옆에 있던 실장이 팔꿈치로 그녀의 옆구리를
날카롭게 쿡 찔렀다. 그러고는 주무관에게
어떻게든 방법을 찾아보겠노라고 약속했다.

실장이 생각해낸 아이디어는
도가니곰탕을 전날 포장해 와서 냉장고에
보관한 후 행사 아침에 데워서 주는 것이었다.
사장은 기발한 아이디어라며 손뼉을 쳤다.

담당자인 도윤은 강남의 곰탕 전문점에 가서
허리를 여러 번 숙이며 간절하게 부탁했다.
얼굴이 홧홧 달아올랐다. 한우 도가니곰탕
포장분에 더해서 추가 비용을 내고 그릇과
수저까지 함께 빌렸다. 커다란 찜솥과 1인용
사각 쟁반은 따로 구해야 했다.

　당일 아침 6시, 도윤은 휴대용
가스레인지에 찜솥을 올린 후 아이스박스에
담아 온 국물 봉지들을 꺼내서 끓이기
시작했다. 컨벤션 매니저에게 들키면 난리가
나기 때문에 스태프용으로 빌린 방의 문은
꼭 닫은 상태였다. 방 안은 금세 한증막처럼
변했다. 행사에 맞춰 입은 정장 재킷 안쪽이
땀으로 흠뻑 젖었다.

　도윤은 국물이 끓기를 기다리며 열두
개의 사각 쟁반에 탕 그릇과 밥, 김치, 수저를
세팅했다. 잠시 후 도윤은 그릇에 국물을

조심스레 붓고 그 위에 식당에서 따로
담아준 고기 고명과 파를 보기 좋게 얹었다.
도윤은 컨벤션 매니저에게 들키지 않으려고
조심하면서 하나씩 옮기기 시작했다. 땀이 비
오듯 쏟아졌다. 혹시라도 누군가 자신을 볼까
봐 얼굴을 깊이 숙였다.

간담회가 끝난 후 담당 주무관은
서빙 속도가 늦어서 마지막 한 분이 한참
기다리셔야 했다면서 화를 냈다. 도윤의
사장과 실장은 주무관이 보는 앞에서 그녀의
프로답지 못한 행동을 매섭게 질책했다.

그날 저녁, 도윤은 오랫동안 샤워기 밑에
서 있었다. 이상했다. 왜 이토록 격렬한 감정이
드는지. 그녀는 대학 시절 학비에 보태느라
다양한 아르바이트를 해봤다. 땀을 뻘뻘
흘리며 햄버거 패티를 뒤집을 때도, 손님이
떠난 후 테이블을 치우며 구토한 흔적을

치울 때도 있었다. 하지만 그때는 분명히
부끄럽지도, 지금처럼 복잡다단한 감정을
느끼지도 않았는데.

누군가의 동선을 조금 더 편하게
만들려고, 아침에는 국물을 먹어야 속이
풀리는 취향을 맞추기 위해, 식당에 허리를
굽히고 커다란 가방에 쟁반과 그릇을 담고 문
닫힌 방 안에서 몰래 국을 끓이기까지의 모든
순간이 도윤을 초라하게 만들었다. 그 와중에
고명의 모양을 예쁘게 놓으려고 이리저리
옮기던 손길, 눈을 매섭게 뜨던 상사의
시선을 의식해서 빠르게 놀리던 발걸음,
땀에 흠뻑 젖은 채로 클라이언트에게 늦은
서빙을 사과하던 순간을 차례대로 떠올리자
그녀는 자신도 모르게 샤워기를 뼈가 하얗게
도드라지도록 꽉 쥐었다.

예전에 행사 참가자의 명패를 하나하나

확인하느라 새벽 2시에 잠들었을 때는 이렇지 않았는데. 갑자기 먹통이 된 노트북을 대체하려고 행사장을 미친 듯이 뛰어다닐 때도 분명 괜찮았는데. 도윤은 샤워기 밑에 천천히 앉았다. 몸을 낮추니 뜨거운 물줄기가 더 따갑게 느껴졌다. 그녀는 웅크린 자세로 앉아 얼마 전에 가장 친한 친구 경아가 해준 이야기를 가만히 떠올렸다. 그녀는 마음 약하고 누구에게도 싫은 소리 못 하는 성품이었는데, 어느 날 고백하듯이 전한 이야기가 있었다.

"도윤아, 나 얼마 전에 회사에서 미친 듯이 화냈다? 그것도 우리 팀장한테."

"말도 안 돼. 너처럼 순둥이가?"

"나보고 더러워진 자기 구두를 구둣방에서 닦아 오라고 시켰거든."

"……미친 거 아니야?"

"화를 냈더니 오히려 자기가 펄펄 뛰는 거야. 어차피 회사 우편물 접수하러 우체국에 갈 때 바로 그 옆 구둣방 들르는 일이 뭐가 어렵냐면서. 직접 구두를 닦아달라고 한 것도 아니고, 퇴근 이후에 시킨 것도 아닌데 예민하고 유난스럽게 군다고 하더라."

"그래서 뭐라고 했어?"

"순간 나도 헷갈리더라고. 우체국에 상사가 시킨 물건을 가져가는 일과 구둣방에 상사의 신발을 갖다 주는 게 뭐가 다른 거지? 그런데 도윤아, 어쩐지 정확히 설명할 수는 없어도 시키는 대로 하면 나 자신이 너무 미워질 것 같은 거야. 그래서 정말 괜찮다고 생각하면 인사부장 앞에서도 그 이야기를 해보라고 했지. 그리고 우리 부모님 앞에서도."

경아는 그날 이후로 팀장이 자기 아들을 위해 도서관에서 빌려 온 영어 동화책을

복사시키는 일이 사라졌다며 웃었었다. 그때
도윤도 함께 웃다가 눈물이 찔끔 났던 기억이
난다. 샤워기 아래에서 경아의 말을 오랫동안
곱씹었던 그날 밤, 도윤은 3년 만에 구직
사이트에 접속했다.

그런데 이게 뭐람.
몇 년이 지난 지금. 또다시.

도윤은 기차 차창 밖 풍경을 바라보며
입술을 꽉 깨물었다. 어젯밤에는 그 끔찍한
이름이 플래카드로 휘날리는 행사장
가운데에서 그녀가 손가락질을 받으며
서 있는 악몽을 꾸었다. 아무리 생각해도
그녀는 엄두가 나지 않았다. 박람회에 참여할
청년들에게, 기업 담당자들에게, 호기심에
참여할 일반 참가자들에게 차마 그 이름을

입에 올리는 일이.

아무래도 헤드헌터에게 연락할 때가 왔나
봐. 도윤은 속으로 우울하게 웅얼거렸다.
지난번 중기부 행사에서 만난 헤드헌터는
그녀에게 명함을 건네며 언제든지 연락하라고
했다. 도윤의 심란한 마음을 아는지 모르는지,
권 팀장은 아까부터 옆에서 과자 봉지를 뜯어
태평히 과자를 오물거리는 중이었다. 도윤은
결국 마음을 굳혔다.

"팀장님, 드릴 말씀이 있어요."

"왜요? 뭔데요?"

권 팀장은 휴대전화에 고정한 시선을 떼고
도윤을 바라보았다. 화면에는 쌍둥이 딸들이
까르르 웃는 영상이 재생되고 있었다. 도윤은
순간 마음이 약해졌지만, 다시 결심을 굳히고
말했다.

"아무래도 저는 이 행사를 하지 못할 것

같아요."

권 팀장은 그녀의 폭탄선언에도 불구하고 딱히 놀라는 기색이 없었다. 그저 덤덤한 눈으로 그녀를 바라볼 뿐.

"이름 때문에요?"

"네. 게다가 디자인이나 마케팅도 모두 이름에 맞춰서 해야 하는데 저는 도저히 그렇게 일하고 싶지 않아요."

권 팀장은 별다른 반응 없이 몸에 묻은 과자 부스러기를 부지런히 털 뿐이었다. 그러더니 무심한 말투로 툭, 내뱉었다.

"그 이름으로 한다고 누가 그래요?"

"……네?"

"안 해요. 우리 딸들이 절대 안 된다고 반대했단 말입니다. 그리고 분명히 허락받았잖아요? 영어 이름 써도 된다고. 우리는 행사장에서 눈에 보이는 모든 걸 다

영어로 할 거예요."

완전 실리콘밸리 스타일로. 그게 뭐든 간에.

팀장은 씩, 웃으며 또 다른 과자 봉지를 뜯었다. 어이구, 이건 우리 둘째가 좋아하는 거네. 그는 반색하며 과자를 뜯었다. 먹을래요, 라고 묻는 팀장의 말에 도윤은 멍한 표정으로 아뇨, 라고 말하며 고개를 저었다.

방금 무슨 말을 들은 거지. 그녀는 팀장의 말을 천천히 머릿속으로 재생해보았다. 이상하면서도 달콤한 문장이었는데 말이지. 일곱 번쯤 반복했을까, 그녀는 비로소 팀장의 말을 온전히 이해했다. 동시에 작게 숨을 내쉬었다. 그 순간, 그녀는 자신이 아까부터 숨을 제대로 쉬지 않았다는 걸 깨달았다. 작은 숨에 맞춰, 일렁이던 감정이 천천히 평소의 리듬으로 돌아가고 있었다.

사실 도윤은 회사를 옮기고 싶지 않았다.
이곳에 와서도 샤워기 밑에서 우는 일은 종종
있었지만, 모욕감이 아니라 업무가 엉켜서
분한 마음이 들었을 때가 대부분이었다.
그녀는 대단한 야심도, 거창한 목표도 없었다.
그저 이곳의 일하는 방식을 꽤 좋아했다.
열심히 일하지만 약간씩 철이 없는 동료들도
조금은.

　　속으로 따로 계획을 다 세우고 있었으면서
나한테는 아무 말도 안 했단 말이야?
도윤은 눈가가 발갛게 달아오르는 감정이
억울해서 약이 올랐다. 그래서 아까 모른
척 넘어가주었던 중요한 사실을 기어코
지적하기로 했다.

　　"······팀장님."

　　"왜요?"

　　"팀장님네 애들은 아직 10개월밖에 안

됐잖아요."

"어허, 10개월이면 충분하지. 게다가 나와 우리 딸들 사이에는 특별한 텔레파시가 있다고요."

권 팀장은 눈을 부라리며 도윤이 아직 싱글이라서 모르는 거라고 타박했다. 최근 부쩍 늘어난 '결혼해라, 애가 생기면 세상이 달라진다' 같은 잔소리를 시작할 기색이자 그녀는 귀를 막으며 아아– 소리를 내는 것으로 응수했다. 그동안의 경험상 팀장의 실없는 소리에 일일이 반응해주면 그녀만 손해였다.

도윤은 이어폰을 꽂고 아이패드를 꺼낸 후 앞으로 해야 하는 일들을 빠르게 메모하기 시작했다. 할 일이 태산이었다. 행사까지 불과 두 달이 남아 있었다.

8

와아아아.

무대 천장에 매달려 있던 반짝이는 펄이
들어간 풍선이 한꺼번에 퍼지자 행사장에 온
사람들이 감탄을 터트렸다. 도윤과 팀장은
고민 끝에 J기관의 창업 박람회를 두 가지
콘셉트로 진행하기로 했다. 창업 공간을
예술 분야와 기술 분야로 나눈 것이다.
한국 영주권을 가진 외국인 청년들을 대폭
참여시켰다는 점도 독특한 요소였다.

예술 분야 창업 공간에는 톡톡 튀는
팝(Pop)의 이미지를 살려 유쾌한 팝아트와
경쾌한 소품들을 진열했다. 사람들은
Pop!이라고 적힌 커다란 사탕을 받고
즐거워했다. 한쪽에서는 형형색색의 팝콘이
튀겨지고 있었다. 사람들은 부스마다 진열된

공방 물건, 소품, 디자인 제품 등을 고르고,
곳곳에서 열리는 체험 클래스에 참여했다.
주제별로 마련된 포토 존에서는 부지런히
사진을 찍어 올렸다.

기술 분야 창업 공간에서는 심플하고
세련된 느낌을 강조했다. 흡사 실리콘밸리에서
열리는 투자 설명회처럼 말이다. 청년들은
부스를 찾은 사람들에게 자신의 사업을
설명하느라 열심이었고, 한쪽에서는 성공한
스타트업 선배들의 강의가 한창이었다.

'이번 행사는 제대로 성공이겠어.'

도윤은 주위를 둘러보며 미소 지었다.
킨텍스의 행사장은 사람들로 북적거렸다.
수십 개의 행사를 해본 그녀로서는 현장에 서
있으면 대충 감이 온다. 참여 기업 숫자부터가
작년 박람회보다 열 배 이상이었다.
다른 행사의 목걸이 이름표를 달고 있는

사람들조차 호기심에 이곳을 기웃거릴 정도로
성황이었다.

그때였다.

옆에 서 있던 서준이 도윤에게 자그맣게
신호를 보냈다.

"대표님이 10분 후에 도착하신답니다."

"좋아요. 준비는 다 되어 있겠죠?"

서준은 비장한 표정으로 고개를 끄덕였다.
대표가 머무를 귀빈실에는 '볼륨 빵빵, 청년을
위한 J 기관 창업 박람회'라고 적힌 커다란
플래카드가 붙어 있었다. 테이블 위에는
그와 임원들이 자칭 재치 있는 아이디어라고
쏟아낸 홍보 문구가 적힌 홍보물, 굿즈 등이
함께 진열되어 있었다. 도윤은 서준의 말을
듣자마자 동기인 강 매니저에게 전화했다.

"지금이야. 빨리 준비해."

그의 역할은 3층 귀빈실로 가는 복도에

쓰리엠 강력 테이프로 꼼꼼하게 가려놨던 천을 떼는 거였다. 벽에는 포스터가 즐비하게 붙어 있었는데 이미지 속 여자는 킴 카다시안처럼 전형적인 콜라병 몸매를 지니고 있었다. 뒷모습의 상반신 누드 사진이 허리와 엉덩이 사이에서 아슬하게 잘려 있었다. 밑을 향해 내리깐 눈이 고혹적이었다. 신입 막내는 다른 참석자가 이쪽으로 오는 불상사가 없도록 친절하게 안내하는 역할을 맡았다.

　박 대표는 입구에 내린 후 2층 행사장에 도착하자마자 보인 많은 인파에 눈이 커졌다. J 기관 문 본부장의 안내에 따라 3층의 귀빈실로 걸어가는 발걸음에 감추지 못한 설렘이 느껴졌다. 귀빈실 복도의 벽 전체에 그가 고른 아이디어가 즐비하게 전시된 걸 보자 큰 소리로 웃음을 터트렸다. 귀빈실에 들어가서는 준비된 플래카드와 소품들을

보면서 흡족해했다. 박 대표는 옆에 서 있는 문
본부장을 향해 말을 걸었다.

"다들 반응이 어떤가요?"

"매우 성공입니다. 아까 K 기관 담당자도
역대급 행사라면서 감탄했습니다."

"놀라긴 이르지. 이제 우리는 이 정도가
기본인데."

박 대표는 자꾸만 실룩거리려는 입꼬리를
가라앉히며 우쭐한 표정을 지었다. 조바심
어린 손길로 앞에 놓인 차를 벌컥벌컥
마시더니 벌떡 일어났다.

"자, 이제 내려가서 어떤지 한번 봅시다."

9

박 대표는 사람들로 붐비는 행사장을
보며 감격한 표정을 지었다. 다양한 부스에

들러 젊은 창업가들을 격려해주고, 팝콘을
들고 포토 존에서 익살스러운 표정으로
사진도 찍었다. 잠시 후, 그는 행사장
중앙의 디스플레이에 자신의 연설 영상이
계속해서 돌아가는 모습을 발견하고 멈춰
섰다. 뭘 이렇게까지 중앙에 해놨어요. 그는
쑥스러워했지만, 얼굴은 기쁨으로 빛났다.
그는 한동안 영상을 집중해서 보는 눈치더니
잠시 후 옆에 있는 도윤에게 소곤거렸다.

　"목소리가 잘 안 들리지 않나요? 나만 안
들리나?"

　"저는 아주 잘 들리는데요. 아마 지금
옆의 부스에서 행사 중이라 소리가 겹치나
봐요. 자막을 통해서도 대표님 메시지가 잘
전달되고 있으니 걱정하지 마세요."

　일부러 안 들리게 설정한 거였지만,
도윤은 짐짓 박 대표를 따라 걱정하는 표정을

지었다. 보통 이런 행사에는 대표가 개회식
연설을 하는 게 일반적이지만 권 팀장이 요즘
트렌드가 아니라고 강조해서 간신히 스튜디오
촬영으로 바꿨다. 영상에서 그는 문제의 볼륨
빵빵이라는 단어를 수차례 말했지만, 어차피
행사장 음악 소리에 묻혀 들리지도 않았다.
자막은 처음부터 영어로만 제작하였다. 아주
글로벌하게.

　　박 대표는 그녀의 설명을 듣고도 아쉬운
듯 화면을 뚫어지게 바라보았다. 도윤이
이따가 소리를 좀 더 키우겠노라고 말하자
간신히 걸음을 떼었다. 그는 다시 천천히
행사장을 둘러보기 시작했다. 도윤과 서준은
조마조마한 마음으로 그의 뒤를 따랐다.
계속해서 말을 걸고, 창업가들을 소개하면서
정신없게 만드는 게 그녀와 서준의 주요
역할이었다.

많은 사람과 악수하며 껄껄 웃던 박 대표는 잠시 후, 갑자기 무엇인가를 빤히 바라보면서 자리에 천천히 멈춰 섰다. 고개를 갸웃거리더니 미간을 찌푸리며 천천히 주변을 둘러보기 시작했다. 왜 저러는 거지. 설마 눈치챘나. 도윤의 불안감이 커질 무렵 박 대표가 물었다.

"뭔가 좀 이상한 것 같은데."

"어떤 걸 말씀하시는 건지……."

도윤과 서준은 빠르게 눈빛을 교환했다.

"위에서 본 거랑 느낌이 다른데. 아, 그렇지. 홍보 이미지. 내가 고른 사진이 왜 여기에는 하나도 없죠? 아까 3층에는 잔뜩 붙어 있더니 다 어디 갔어요?"

"홍보 이미지 말씀이군요."

침착해, 도윤. 그녀는 몰래 마른침을 삼킨 후 입가에 자연스러운 미소를 지었다. 어젯밤 권 팀장과 함께 머리를 싸매고 준비해놓은 답변을 능숙하게 꺼내놓을 순간이 온 것이다.

"이번 창업 박람회의 홍보 이미지는 총 일곱 가지 버전이 있습니다. 장소, 시기, 매체별로 다양하게 맞춤형으로 진행하는 게 효과적이니까요. 대표님이 고르신 이미지는 눈길을 끄는 역할을 하기 위해 마케팅 초반에 집중적으로 배치했습니다."

"그래요? 왜 일곱 가지 버전이나 만든 거죠?"

"대표님도 실리콘밸리 문화를 잘 알고 계시겠지만, 요즘은 한 가지 이미지로만 마케팅을 진행하지 않습니다. 고객 세그먼테이션에 맞춰서 다양하게 노출하고, 타깃 유저의 반응을 보면서 더 핏한 이미지를 고르는 추세니까요. 이제는 데이터로 결정하는 게 트렌드입니다. 넷플릭스가 잘하는 것처럼 말이죠."

도윤은 배에 힘을 주고 영어에 해당하는
모든 단어는 가능한 한 원어민 발음으로
굴렸다. 누가 보면 교포인 줄 알겠어. 필리핀
어학연수 5개월이 전부인 도윤은 속으로
쓴웃음을 지었다. 어쨌든 박 대표는 그녀의
설명이 마음에 들었는지 흡족한 표정으로
고개를 끄덕였다. 실리콘밸리 만세.

물론 도윤이 말하지 않은 게 있었는데,
박 대표가 고른 사진이 노출된 매체는
그의 태블릿 PC뿐이라는 사실이었다.
홍보용 SNS 게시글도 오직 그만 볼 수
있는 비공개 내용이었다. 진정한 고객
세그먼테이션이라고나 할까. 도윤은 프로다운
미소를 지으며 당당한 태도를 유지했다. 사실,
이 내용은 대표를 제외한 J 기관의 문 본부장과
홍보 본부장, 그리고 비서실이 모두 공유하는

비밀이었기 때문이다.

천우신조랄까. 도윤과 팀장에게는
다행스럽게도 한 달 전에 터진 타 기업의
일자리 박람회 사건이 힘을 실어주었다.
평범한 일자리 박람회가 온라인을 발칵
뒤집는 일이 무엇이 있을까 싶지만, 범상치
않은 이름을 내세운 게 화근이었다.

일자리 박람회의 공식 명칭은 '백수와
함께―인과 연'이었다. 회사 관계자의 해명에
따르자면 그 나름 뜻은 무척이나 훌륭했는데,
백수의 뜻이 백 가지를 의미하는 백(百)과
뛰어날 수(秀)의 조합이었다고 했다. 즉, 백
가지 뛰어난 장점이 있는 사람들이 일자리를
찾도록 도와주겠다는 좋은 취지였다고.

가짜 뉴스 같은 이 소식이 퍼지자
사람들은 공분했고, 급기야 뉴스에까지
소개되었다. 며칠 후 행사는 취소되었지만

험악한 분위기가 도무지 진정되지 않자 경영진이 공식 석상에서 고개를 깊이 숙였다. 다음 날, 서준의 본부장은 사색이 되어 도윤과 팀장을 급하게 불렀다. 그 자리에서 권 팀장은 해당 임원과 관계자들이 모두 경질되었다는 내부 소식을 전하며 쐐기를 박았다.

그래서 지금, 이 작은 연극에 모두가 동참하게 된 것이다.

10

박 대표는 시간이 지날수록 기분이 좋아졌다. K 기관의 임원까지 와서 칭찬을 건네자 벌어진 입을 감추지 못했다. 그의 만족도가 최고점을 찍은 것은 교환학생으로 온 스탠퍼드 대학, 런던 정경대학, 뉴욕 주립대학 청년들과의 간담회였다. 그는 '우리

후배님들'이라는 표현을 이따금 사용하며
청년들의 질문에 성심성의껏 대답했다. 이
모습을 뒷자리에서 지켜보던 도윤은 옆에
서준 대리를 푹 찌르면서 속삭였다.

"저 사람들은 도대체 어떻게 초청했어요?"

"제가 졸업한 대학에 외국인 교환학생이
많은 편이거든요. 동기가 박사과정 중인데
외국 학생들 지원하는 국제협력부에서 조교로
일하고 있어요. 그 친구가 많이 도와줬습니다."

"대박."

도윤이 진심으로 감탄하며 서준을
바라보자 그는 쑥스러운 듯이 웃었다. 박
대표는 간담회 이후로도 좀처럼 자리를 뜨고
싶어 하지 않는데, 다음 일정을 재촉하는
비서실장의 채근을 몇 차례나 받고서야
아쉬운 듯 발걸음을 옮겼다.

앞으로 휘적휘적 걸어가는 박 대표의

나이키 한정판 신발이 조명을 받아 반짝 빛이 났다. 서준의 말에 따르면 요즘 MZ 세대에 유행이라는 말에 비서실 전체가 미친 듯 클릭하고, 결국 실패해서 리셀러에게 간신히 구한 신발이라고 했다. 비서실장은 올해 비서실 최대 업적이라는 말을 농담처럼 했다고.

하지만 도윤의 눈에는 운동화 위에 온통 쭈글쭈글해진 바지 모양새가 우스꽝스럽게만 느껴졌다. 왜 저 나이에는 옷이 다 헐렁헐렁할까. 도윤은 조그맣게 사라지는 박 대표의 뒷모습을 복잡한 심경으로 바라보았다. 그녀의 아버지가 32년 일한 직장에서 은퇴한 후 새로운 직장에 출근하던 날, 비즈니스 캐주얼 재킷이 유난히 헐렁거렸던 기억이 떠올랐다. 주말 동안 꼼꼼하게 염색한 머리가 무색하게도.

그때였다. 생각에 잠긴 그녀를 깨우듯 누군가의 목소리가 들렸다.

"도윤 님, 여기서 뭐 해요? 이제 곧 벤처캐피털 투자자들과 기업 담당자들 올 시간이잖아요."

권 팀장이었다. 옆에는 얼굴이 상기된 서준이 홍보용 브로슈어를 잔뜩 들고 서 있었다. 연극은 끝났으니 이제 진짜 일을 할 시간이었다. 7개월 동안 개발한 디저트를 기업 유통 담당자에게 보여주려고 어젯밤부터 잠을 설쳤다는, 말간 얼굴을 한 20대 초반 성준이 아까부터 덜덜 떨면서 기다리고 있었다. 일반 휠체어에 간단하게 부착할 수 있는 작은 모터를 개발한 당찬 고등학생 정연도 있었지. 자기가 밀어주는 힘이 약해서 다리가 불편한 아빠와 집 앞 공원만 갈 수 있다는 사실이 너무 분했다고 했던가. 투자금만 받으면 삼촌에게

소개받은 공장에서 바로 제작을 시작하고
싶다고 말했었다.

　누가 알겠는가. 그들이 몇 년 후에
내로라하는 기업의 CEO가 되는지. 미리
투자해서 지분을 챙겨볼까. 너무 잘되어서
나까지 벼락부자가 되면 뭘 하지. 어쩌면
그동안 알뜰하게 모은 돈으로, 샤워기 밑에서
이따금 울면서 번 돈으로 계약한 소중한
나만의 공간, 마곡역 근처 투룸이 있는
오피스텔의 건물 전체를 살 수 있을지도 몰라.

　도윤은 화장실로 가서 꽉 조이는 정장과
높은 구두를 벗고, 캐주얼한 셔츠와 면바지,
그리고 낮은 단화로 빠르게 갈아 신으며
행복한 상상에 싱글거렸다. 잠시 후 밖으로
나가자 서준이 문 앞에서 기다리고 있었다.
할머니 댁 말라뮤트 까미처럼 배시시
웃으면서.

도윤은 서준에게 다가가 브로슈어를 반쯤 나눠 들었다. 행사장 입구에는 권 팀장이 투자자와 기업 담당자들과 한창 이야기하는 중이었다. 그녀는 심호흡을 몇 번 한 후 서준과 함께 행사장 입구를 향해 빠르게 뛰기 시작했다. 단화 밑창에 맞닿는 땅이 단단했다. 동시에, 도윤의 머릿속에 한 가지 생각이 스쳐 지나가 그녀는 자그맣게 웃었다.

샤워기 밑에서 마지막으로 울었던 날이 어느덧 9개월 전이라고.

작가의 말

일하는 사람을 대상으로 몇 년 동안 글을 쓰고 있다. 실용서와 소설, 이렇게 성격이 다른 글을 쓰고 있는데, 독자들의 반응이 재미있다. 냉정과 열정 사이라고나 할까. 일을 잘할 수 있는 법을 쓴 실용서에는 깨알 같은 분석 리포트와 요약으로 나를 감탄하게 만들던 독자들이, 직장인을 위한 단편집에는 날것의 감정이 넘실대는 후기로 감동을 주었다.

《북적대지만 은밀하게》는 지난번 단편집 이후 이야기를 더 내놓으라고 독촉하던 사랑스러운 독자들에게 보내는 짧은 답장이다. 읽고 나서 '내가 겪어본 이야기잖아'라고 기시감을 느꼈으면 좋겠다. 과거에 느꼈던 복잡하고 강렬한 감정을 이해하게 되면 상처가 될까, 아니면 위로가 될까. 나는 이야기를 써 내려가면서 온통 서툴렀고 매일 동동거리던 20대와 30대 초반의 나를 조금 더 따뜻한 시선으로 보게 되었다.

이야기를 읽은 뒤 당신도 그랬으면 좋겠다. 서툰 자신을 좀 더 다정한 눈으로 바라보게 되시길, 그래서 매콤달큰한 일터에서 부디 씩씩하게 잘 살아가시길. 멀리서나마 응원을 보낸다. 도윤과 서준이 앞으로도 잘 살았으면, 하고 바라는 마음처럼 당신도 그렇기를.

2023년 봄

박소연

- 04

북적대지만 은밀하게

초판 1쇄 인쇄 2023년 2월 17일
초판 1쇄 발행 2023년 3월 8일

지은이 박소연
펴낸이 이승현

출판2 본부장 박태근
스토리 독자 팀장 김소연
편집 강소영 곽선희 김해지 이은정 조은혜
디자인 이세호

펴낸곳 ㈜위즈덤하우스   **출판등록** 2000년 5월 23일 제13-1071호
주소 서울특별시 마포구 양화로 19 합정오피스빌딩 17층
전화 02) 2179-5600   **홈페이지** www.wisdomhouse.co.kr

ⓒ 박소연, 2023

ISBN 979-11-6812-704-3 04810
        979-11-6812-700-5 (세트)

값 13,000원